암이
내게 준 **행복**

세상 모든 환우들에게
이 시집을 드립니다.

암이 내게 준 행복

초판인쇄 | 2022년 2월 1일
초판발행 | 2022년 2월 5일

지 은 이 | 이향영 (Lisa Lee)
펴 낸 이 | 배재경
펴 낸 곳 | 도서출판 작가마을
등 록 | 제 2002-000012호
주 소 | 부산광역시 중구 대청로 141번길 15-1, 301호(대륙빌딩)
         | 서울특별시 도봉구 도당로 82(방학1동, 방학사진관 3층)
        T. 051-248-4145, 2598 **F.** 051-248-0723 **E.** seepoet@hanmail.net

ISBN 979-11-5606-189-2 03810 정가 12,000원

암이 **행복**
내게 준

이 향 영 시집
Lisa Lee poetry

도서출판
작가마을

'벼는 익을수록 고개 숙인다'

영덕자연생활교육원
송학운 원장을 보면
이 속담이 절로 생각이 난다

그는 30여 년 전 대장암 말기로
생과 사의 과정에서
완전히 승리한 사람이다

그의 성실한 체험이
많은 환우들에게 희망의
바른 길잡이가 되어주고 있다

저는 팔순을 살면서
절로 존경심이 묻어나는
송학운 원장을 만나
별장 같은 최고의 솔숲에서
밤에는 별들과 놀고 낮에는
다정한 환우들과 걷기 힐링으로
자연과 친구로 기쁘게 지낸다

마지막 소망이 있다면
쓸만한 장기를
필요로 하는 사람들에게 선물하고,
유골은 제가 사랑하는
칠보산 소나무들의
한줌 거름이 되고 싶다^^

2022년 새해
이 향 영

차례

이향영 시집
암이 내게 준 행복

차례

제3부   영덕의 신비

이향영 시집
암이 내게 준 행복

제4부 영덕의 보물

차례

part 01 특별한 영덕

그대는 바람이어라

아무 곳에도 걸림 없이 살고픈
영혼이 자유로운 여인이여

내면의 철학이 뚜렷하고
명리학과 정치에도
자기주관이 정직한 여인이여

물처럼 지혜로워 사랑의 인내로
환우들의 상담도 부드럽게 받아주는
걸림이 없는 어머니 같은 여인이여

바람처럼 살고파서
예명이 바람인 여인
그대의 영혼이여
그대의 사랑이여
건강한 바람의 여인이여

바람처럼 걸림 없이 자유하리라
바람처럼 걸림 없이 건강하리라

영덕 송학운 원장님

나폴레옹은
'내 사전에 불가능은 없다'고 말했다

불가능을 가능으로 실천한 사람을
나는 알고 있다

1992년 그 시대 말기 대장암을
극복한 것은 기적이었다

그는 자기가 죽음을 넘나든 경험을,
고통을 겪고 있을 다른 암 환자들을
사명감으로 돕고 싶었다

송학운 원장이 운영하는
영덕자연생활교육원에는
수많은 환우들이 힐링을 받고 있다

사철 푸른 청산 칠보산의 기운과
고래불 바다가 싣고 오는 동해의 맑은 공기

정성을 빚어 만든 건강음식
"많이 드이소"
그의 후한 마음과 정직한 체험의
강의로 환우들에게 큰 용기와
치유의 희망을 안겨 주는 그는

첩첩 산속 천연요새를 아방궁처럼
건축해서 부담 없이 쉴 수 있도록
사명처럼 의미 있는 일을
어제도 내일도 오늘도 실천하고 있다

코로나19와 오미크론 시대 이곳은
낙원이고 천국이 아닐 수 없다

늘 푸른 솔밭 숲이 매순간 산소란
생명을 출산하는 명품 중의 명당이다

송학운 원장 그는 불가능을 가능으로 창조하는
이 시대가 필요로 하는 진정한 명장이다

별은 사랑이다

가슴이 설레이고
희망이 생겨나고

별은 빛으로 사랑을 보내고
나는 눈과 심장에 별을 심는다

별을 보며 잠들고
눈뜨며 새벽 별이
오늘도 설레임으로 반겨준다

낮엔 의자에 앉으면
코발트색 유리 하늘이 보이고
밤엔 침실에 누우면
달과 별들의 축제를 볼 수 있는
영덕의 내 고요한 요람

나는 이곳에 있으며
나의 별을 만나고 그
별을 사랑하게 되고
나의 별을 만나러

4차원으로 가고픈
희망도 생겨났다

내 심장에 별빛 사랑이
푸른 희망이 되어 자라고 있다
어찌 힐링이 되지 않겠는가

영덕의 음식

영덕자연생활교육관 음식이
그립고 그리워 다시 이곳에 왔다

첫술에 엄마의 손맛을 느꼈다
내 얼굴에 햇살 담긴 나팔꽃이 피었다

단호박과 연두부의 조합으로 만들어진
스프가 내 위장과 소장과 대장을 지나며
활짝 해바라기로 피어났다

'음식으로 못 고치는 병은 약으로도 못 고친다'
히포크라테스의 명언이 교과서처럼 확신이 생겼다

토마토 케닝으로 만든 김치는 유산균이 풍부해
면역의 힘이 나의 속 장기마다 별꽃으로 피어
빛으로 빛으로 온 몸이 미소 짓게 했다

친환경 산소와 걷기 운동
사랑이 가득 담긴 음식이
나의 켄서를 온전히 고쳐주었다

〉
이곳의 맑은 공기와
이곳의 음식은 나의 죽은 세포를
다시 부활시키고 있다

집에 가면 나는 자꾸만 이곳이 그립다
이곳 환경과 사람들과 음식이 그리워서
자꾸만 오고 싶어진다

그대는 마음대로

그대는 엄한 부모의 자녀로
성실한 남편의 아내로
책임감 있는 자녀의 엄마로
너무나 바쁘게 사느라
나란 존재를 까맣게 잊고
살아온 나날들

이젠 나를 찾아서
가슴이 시키는 대로
무소의 뿔처럼 자유롭게
살아 보고픈 나의 인생아

그동안 사랑으로
기댈 어깨가 많아
홀로 여행해 본 경험이 없는 존재

두렵고 두렵지만
예순이 되도록 못 해본
솔로 여행을 경주를 시작으로 해보리라

"나는 할 수 있어"
내 가슴이 시키는 대로
무소의 뿔처럼 용감하게
마음대로 자유로운 여행을 해 보리라

다짐만 해도
승리의 깃발이 내 안에서
푸르게 펄럭이네

생각이 자유로우니
내 몸이 깃발이 되네

어느 숲길

켄서 진단 받았을 때 쓰러졌던
마음의 길바닥
그 곳에 푸른 숲길을 만들었다

솔나무 숲길
편백나무 숲길
자작나무 숲길

산길 황토길 모래밭길

맨발로 걷고 또 걷고
걷는 것이 일이 되었다

기쁘게 걷고 즐겁게 걷고
웃으며 걷고 미소로 걷고
춤추며 걷고 노래로 걷고

거짓말처럼
암세포가 다아 사라지고
그곳에 향기로 자란

고운 숲길이 생겨났다

내 건강은 내가 고치고
내 건강은 내가 지킨다

암은 어떻게 살아야 한다고
나의 행복을 가르치는 스승이 되었다

천계의 계단

천계의 계단도 한 걸음부터 시작이다

켄서 진단 받은 후
나는 새로운 분야
10권 이상의 암에 관한 책을 읽었다

책 속에서 의사를 만났고
수술을 안 하기로 마음의 준비를 하고
가족들과 이상구 박사를 찾아갔다
그는 나의 의사를 존중해 주었고
뉴스타트 생활을 적극 권장했다

그날부터 걱정과 스트레스는 날려버리고
거울을 보면서 웃는 연습을 매일 했다
연습은 헛되지 않았고 나는
웃음과 미소를 입가에 물고 살았다

모래어싱 첫 걸음 때
천계의 계단도 한 걸음부터다
나는 나를 믿고 매일 꾸준히 걸었다

＞

나는 내 스스로 힘이 되어
걷고 걸었다, 만 1년 만에 암세포가
거의 사라져 버렸다

약 한 알, 주사 한 대, 맞은 적이 없고
나는 암을 배신한 적이 없었다
암세포는 채식하고 운동하고 매일 웃는
내가 정말 싫었던 모양이다

암은 나도 몰래 도망간 게 아닐까?^^

그대는 꿀

세상에서 가장 좋은 맛은 단맛
달달한 꿀맛은 초콜릿보다 좋다

꿀처럼 달달한 말이 듣고 싶은 그대
꿀처럼 달달한 말로
사랑을 키우고 싶은 그대

부정적인 말은 도망 보내고
긍정적인 말은
가슴에 새기고픈 꿀 같은 그대

꿀처럼 달콤한 말로
먼저 자신을 구하고
먼저 지구를 구하고
먼저 세상을 구하고픈 그대

꿀 같은 그대 입술로
이 땅에 평화의 사회가 세워지길
다툼이 없는 나라가 임하길
꿀 같은 언어로 승리의 깃발을

높이 세우는 그대는 달콤한 꿀

꿀처럼 달달한 그대의 말에
많은 사람들이 건강을 찾네
많은 사람들이 행복해 하네

그대는 릴리

그대는 이름처럼 우아하고
모델처럼 늘씬한 멋진 매력으로
미의 감각을 만지는 미술 선생님

친구들에게 그림을 가르치는
봉사활동은 서로가 윈윈 하는
가치 있고 보람 있는 시간

그대의 예명인 릴리처럼
고운 마음으로 재능기부 하는
창작의 손끝에 꽃과 숲이
탄생되는 아름다운 그림들

그림 배우는 친구들 얼굴에
그림처럼 행복이 번지는
깊은 의미의 기쁨

그림은 행복을 창작하고
그림은 치유를 창조하고
그대가 빚어내는 예술은

삶과 인생의 절정을 맛보이는
최고의 의미 있는 시간

그대는 레몬

레몬 향기 퍼뜨리며
즐겁게 살아가는 그대여

무말랭이 생강청 만드는 이웃의 일을
마치 자기 일처럼 남보다 세배나
빠른 손으로 돕는 그대여

내가 두 시간 놀고 걷고 오는 동안
그대는 작은 텃밭을 일궈
토마토 고추 가지 모종을 한 그대여

너무나 억척같이 살아서
몸이 쉼을 달라고 반항하고
아우성치는 소리를 듣고 있나요
자기를 사랑하고 기뻐하고
느릿느릿 살아달라는 몸의 호소를
그대는 듣고 있나요?

타인에게 선물하는 레몬 향도 좋지만
약이 되는 허브 향으로 그대는

자기를 1순위로 사랑해 달라는
몸의 말에 귀를 기울이나요?

먼저 레몬나무를 튼실하게 살려서
주렁주렁 레몬이 열리면
그때 남을 사랑해도 늦지 않지요

내 존재가 우선이고
내 영혼이 건강해야 내 몸도 따라서
신나게 춤추고 노래할 그대여

나의 영혼아 나의 시간아
이제 그만 허덕이며 살지 말자
이제 그만 숨가쁘게 살지 말자

이제부터 웃으며 살자
이제부터 행복하게 살자
나는 이제 다아 나았다^^

바람님의 말

말의 선물엔 향기가 배어 나온다

바람이 내게 해준 말은
음미할수록 현미 조청 같다

'기쁘미는 항상 웃는 얼굴로
먼저 인사하니 이곳*이 화기애애하고
환한 꽃밭이 됐어요'

내가 일 년 동안 들은 말 중에
최고의 찬사가 아닌가 싶다

바람님*의 말엔 꿀이 묻어
자꾸 내 얼굴에 미소 꽃을 피운다

나의 작은 소망은
어두운 험담은 덮고
미소로 힐링을 초대해
내가 서있는 자리가
웃음바다였으면 좋겠다

영덕이 환한 꽃밭이고
솔향기 가득한 곳이라
사랑으로 오고 또 오게 된다

바람님의 말엔 힘이 실려
나를 밝게 빛어가고 있다

＊이곳: 영덕생활자연교육원
＊바람님: 어느 환우의 예명

영덕 축산항 둘레길

와우~
와 우 우~~
와 우 우 우~~
절로 터지는 함성
아름다운 물결이 윤설로
춤추는 영덕의 축산항

멀리 코발트 블루
코발트색은 에메랄드 색으로
오버랩 되어 겹겹의 감동이
사랑으로 밀려오는 축산항 해변가

칸쿤의 물빛이 너무나 아름다워
투신했다는 어떤 스토리처럼

축산항의 물빛이 가슴 설레고
바닷가 마을로 이사하고픈
변화의 생각을 일으키는 곳

언덕의 대나무 숲 둘레길은

이태리 쏘렌토의 올리브 향
둘레길을 걸었을 때보다
더 황홀한 기분이었다

동해안 바다 향기
언덕의 대나무 숲 향기
걸을수록 더 걷고 싶은
시와 노래처럼 사랑을 주는 길

그 님의 품속처럼 깨고 싶지 않은 길
바다의 오존을 오장육부에 선물하는 길
치유와 희망을 듬뿍 안겨주는 길
영덕의 축산항 걷고 또 걷고 싶은 둘레길

내가 나를 잊게 하는 환상의 길 치유의 길

새벽의 신비

새벽에 잠이 깨면 귀찮았다
도시에 있는 집에서는

새벽에 잠이 깨면
다행이다 싶다
영덕자연생활교육원에서는

볼일 보고 침실로 들기 전
나는 창을 열고
새벽하늘의 연주를 감상한다

새벽하늘의 신기한 신비
저녁과 새벽의 별자리가
동서로 옮겨져 있다

별들의 여행을 보고 있노라면
나의 가슴에도 별 하나 들어와
설레임으로 빛을 발하는

초록별 하나 내 마음속에 품었다

나의 얼굴에
그분의 빛이 광채로 환해져가는

켄서 덕분에 자연과 함께 살 수 있고
켄서 덕분에 새벽하늘의 연주를 보고
켄서 덕분에 오~~ 나는 행복한 사람

별과 그분

밤엔 자꾸만 창문을 열고 싶다

하산하면 만날 수 없기에
나의 눈이 담아가고 싶어한다
영덕의 찬란한 밤하늘을

가장 크고 빛나는
초거성 베텔거우스별*을
당신이라 가슴에 담고
오리온별은 나의 왕자님으로
마음에 새기고 싶었다

내 심장에 묻힌 별은
붉은 빛을 발하며
모세혈관을 타고 다니며
나의 시든 세포를
남김없이 일으켜 세운다

우주는 치유의 센터
햇살이 혈관을

달빛이 피부를
구름이 마음을
별들이 힐링을
은하는 은총을

내 안의 세포들
일제히 일어나 춤추고 노래하는
내 영혼의 그분
내 사랑의 그분
만드신 분*이 고치신다
우리는 모두 다 나았다

* 초거성 베텔거우스별: 태양의 600배 크기
* 만드신 분이 고치신다: 최차순

바람의 웃음

겨울바람이 소란을 피운다

내 마음이 어두울 때
산속 바람은
숲의 귀신이 절규하는 소리였고
내 마음이 밝을 때는
바람소리가 동해바다와
칠보산의 호탕한 웃음소리로 들렸다

간밤의 바람은 나를 태워
랑데부 비행을 시켜주었다

모든 것은 마음 먹기에 달렸다

바람이 내 방에 들어와
너는 다아 나았다
너는 다아 나았다
호탕한 웃음으로
나를 신비롭게 힐링시켰다

바람의 웃음은 신화 같다

part 02 영덕의 힐링

별과 놀다

새벽에 잠에서 깼다
머리 위로 붉은 보석이 빛나고 있었다
뭘까?
눈을 부비며 창가로 갔다
안쪽 창문을 열었다
바깥 쪽 덧문도 열었다
방충망도 활짝 열었다

목을 길게 빼고 하늘을 올려다보았다
'와우~ 별아~ 별들아~'
새벽하늘이 내 가슴을 설레게 했다
하늘은 온통 별꽃을 가득 피워놓고
빛의 에너지로 나를 반겼다

아프리카 7개국에서도
인도와 네팔에서도
아이슬란드와 그린란드에서도 보지 못했던
별들의 찬란한 대 축제에 초대받은 나는
영덕자연생활교육원에서 별들과 놀았다

북두칠성 큰곰자리와 오리온자리를 보며
내가 아는 별들의 이름을 기억해 보았다
창 너머로 길게 뽑은 목이 아팠다
얼른 패딩을 걸치고 밖으로 나갔다

겨울바람보다 빠른 속도로
빛으로 수놓은 환한 하늘 꽃들
와락 나의 품에 큰 선물로 안겼다

하늘나라는 저토록 황홀하고 아름다운데
왜, 우리는 그 나라에 가는 것을 두려워할까?
이 새벽 저 별들을 바라보며
사후의 세계를 그리며 먼저 간 분들을 생각했다

할아버지 할머니 아버지 어머니
일찍 세상 떠나신 사랑하는 사람들이
별이 되어 빛으로 내 마음에 스며들었다

살아서 별과 노는 것이 이리도 설레이는데
죽어서 가게 될 찬란하고 황홀한 저 나라

언젠가 그날 내가 별이 되면
세상의 외로운 사람들에게 다정하고
설레이는 친구가 되어주고 싶다^^

별아 사랑해~~

칠보산에서

칠보산 우뚝 솟은 정상에 서면
동해가 나를 와락 안는다
아니다, 내가 동해를 품는다

광물과 동식물이 풍부하여
불리게 된 보물산 산세가 정겨워
등산객들로부터 사랑받는
칠보산, 칠보산~

솔나무 향내에 솔깃 귀 기울이면
들리는 듯 말 듯
소곤대는 그리운 음성 하나~
가슴 깊이 빛으로 파고든다

칠보산 보물 에너지가
'너는 깨끗이 나았다'
아무 걱정 말라 속삭인다

칠보산 품은 내 가슴에
사철 청정한 솔숲이 자라고

이 산에서 죽고 살고픈 나의 보물산
나도 한 그루의 소나무가 되고파라

철암산에서

철암산 쉼터에 앉아
고래불 해변을 바라본다
어제 누군가가
고래불알 바닷가냐고 해서
배꼽 아프게 웃었다

이미 추억이 된 웃음은
미소의 현정이가 그리움이 된다

다시 오지 않을 어제
오늘 더 많은 웃음을 출산하고
오늘 더 많은 기쁨을 해산하고
매일 아이들처럼 조롱조롱
매달리는 추억을 저금하자

솔숲 길을 내려오는데
데이비드 호크니의 그림에 나오는
적색 소나무를 닮은, 그중
참 잘생긴 한 그루 소나무가
나를 붙잡았다

〉

'나도 그대랑 이곳에서 오래 살고 싶어'
나는 양팔을 활짝 벌리고
붉은 옷 입은 그를 꼬옥 안아 주었다
사랑으로 감싸주었다

나는 잘생긴 소나무와 열애 중이다
사랑해 사랑해 사랑해 소나무야
내 안에서 힐링이 일어나고 있었다

영덕에서 바니 킴을 생각하며

바니는 미국에서 같이
그림을 그리던 유일한 친구이다

남가주 서해안에 있는
베니스 바닷가의 갤러리

바니와 나는 초대를 받았다
데이비드 호크니 전시회에

우린 그림에 반했고
호크니의 인생철학과
자연주의 사상에 빠졌다

싱글인 그가 지금 나의 곁에 있다면
프로포즈 할 용기가 생겼는데^^

서울시립미술관에서
데이비드 호크니의
특별기획전이 있었다

LA에서 NY까지
그림전을 보로 갔듯이

부산에서 서울까지
두 번이나 갔었다

영덕 칠보산과 철암산
잘 생긴 소나무들은 자꾸만
데이비드 호크니 작품과 함께
바니도 생각나게 한다

바니 킴은 아름다운 추억을
소환해 주는 기술자이고

그리고 단맛 나는
내 영혼의 친구이다

사랑스런 우리의 달래

진달래가 아니고
냉이 사촌 달래도 아니다

사랑스런 달래는
한때 홈리스 강아지였다

배고팠던 시절의 버릇이
자꾸만 달라달라 해서
달래가 이름이 된 귀염둥이

영덕자연생활교육원에서 거둔 후로
달래는 들 강아지가 되고
달래는 등산 강아지가 되고
달래는 사랑받는 강아지가 되고

여러 사람들과 함께 걷는
다정한 친구가 되기도 한다

산과 들로 펄떡펄떡
뛰어다니는 달래를 보고 있으면

〉

내 마음도 펄떡펄떡
세포들이 깨어나 활동을 시작한다

사랑스런 달래야 오래오래 같이 하자

기쁨 주는 강아지

영덕자연생활교육원에
움직이는 자연이 된 강아지

달래는 누군가가 차에 태워
칠보산에 버리고 갔다
새 주인을 만나서 달래란
정겨운 이름을 선물 받았다

달래에 리듬을 붙여
달~ 래~ 야~~
달~ 래~ 야~~ 부르면 다정히
꼬리를 흔들며 달려온다

소나무 아래 편하게 앉은 달래는
파란 하늘과 바다를 보며
자유로운 행복을 누렸다
내가 주는 두부밋볼도
엄청 좋아 하는 달래

달래가 신나해 하는 몸짓을

보고 있던 나의 세포들이
하나하나 또 하나씩
봄꽃 봉우리 터지듯
별빛 등불을 켜기 시작한다

라라라 라라라라~~
달래는 우리에게 끝없는
기쁨을 주고 사랑받는 아가야
달래는 꼬리를 흔들며 사랑노래 전한다

유금사 뒷길

솔잎 융단이 깔린
오솔길을 걸으니
새들의 흰 노래가
귀를 즐겁게 한다

좁은 문을 지나면
황홀한 천국처럼
오솔길 끝에
넓은 길이 바다를 만난 듯
시원하게 펼쳐진다

유년 시절로 바뀐
걷기 동우회 일행은
이유 없이 마냥 즐거웠다

조건 없이 무조건적인
사랑 실천이 된 순간
하늘의 그분께서 파란 웃음을
무한정 퍼부어주셨다

그분 안에서 우리는
선한 어린이가 되었다
유금사 뒷길 수목들이 춤을 추고
우리도 웃음 춤으로 하나가 되었다

어찌 우리가 기쁘지 아니 하겠는가

호랑이 발자국

머리는 뒷 통 수에 묶고
바지는 온갖 조각을 덧붙인
누가 봐도 예술가 스타일의 한의사,
그가 말했다

산행을 하는 우리에게
호랑이 발자국을 찾았다고 해서
우리는 우루루 모였다

황색 바닥에 꽃무뉘처럼
찍혀있는 발자국이 신기해서
보고 또 보았단다

호랑이가 이 산에 살까?
깊은 산도 아닌데
발자국은 크고 선명했다

호랑이는 가죽만 남기지 않고
발자국도 남긴다는

호랑이 발자국에서
호랑이의 소리가 우렁차게
흘러나오는 것 같았다
으르렁 으르렁 하고

참으로 웃기는 상상이었다
웃음은 만병의 치유제가 아닌가
'똥을 봐도 웃으면 약이 된다'^^
그 말에 우리는 또 다시 웃었다

삼성연수원 길

오늘은 가지 않았던 길을 걸었다
세 갈래 길이 나왔다

그녀는 가지 않았던 길을 걸었다
호기심 반 설레임 반으로

소나무 숲속에
삼성연수원이 멋지게 자리해 있었다
삼성이 연상되는 추억이 떠올랐다

미국에서 학교 다닐 때
광고디자인 시간
마이클 교수님의 강의
'삼성의 코리안 피플이 스마트폰을
이렇게 잘 만들 줄 몰랐다'

삼성 스마트폰을 소유하게 된 것을
엄청 자랑스러워하던
마이클 교수님이 생각났다

힘들었던 그 시절이
삼성연수원 가는 길 위로
보석처럼 빛이 되어주었다

존재의 가치와 이유가
최상의 보석이 아닐까?
어제의 고생이 오늘의
아름다운 추억이 되어 주듯

오늘 힘든 고통이 와도
견디는 것이 최상의 삶이다
오늘의 고통이
내일의 환희로 돌아오게 되니까
그래서 힘들어도 기쁘게 웃는다^^

영덕의 아침

아침 8시 블라인드를 올리고
창문을 열었다

태양빛에 눈이 부셨다
내 몸 안으로 스며드는
생명의 빛 사랑의 빛

태양은 나의 몸을
캔버스로 아나보다

빛은 내 몸 안팎으로
칸딘스키의 회화 같은
거미줄 그림을 그렸다
내 혈관이 따스해졌다

오 생명의 빛과 솔숲의 에너지가
모세혈관까지 모든
세포가 다~ 힐링이 되었다

내 몸의 세포들이 하나 둘
시들었던 유전자를 켜고 있었다

새벽의 불빛

미명에 불빛이 걷고 있다

새벽에 별을 보려고
창문을 열었다
별들은 잠들었는지
길은 어둠에 묻히고

렌턴 불빛 하나
뚜벅뚜벅
길을 만들어 간다

영덕자연생활교육원
전 가족의 건강식을
준비하러 가는 그녀는

새벽마다 렌턴으로
길을 켜고 건강을 켜는
창조자이다

그녀의 내일이 렌턴 불빛처럼
환해지길 기도로 응원한다

암이 내게 준 행복

이향영 시집

합창

운무로 그려가는
산봉우리를 그리는 신의 손길
자연의 소리를 음악으로 듣는다

뻐꾸기 딱따구리 부엉이
이름 모를 새들의 노래와
개구리 소리가 어우러진
산속의 아름다운 화음이
내 마음을 영원으로 몰입시킨다

여름비 내리는 풍경 속에서
들려오는 자연의 노래 따라
내 호흡도 오색 화음으로
영혼을 춤추게 하는 아침이다

하늘 땅 나무 모든 것이 신비롭다
나는 이 좋은 곳에 와 있는 한 그루
나무 같은 내 존재가 참 신기하다

나는 내가 신비이다 이 순간은
새들 흉내로 신비롭게 웃어본다^^

순흥 안씨

산책길 옆으로 묘가 드문드문 있다
순흥안씨공원묘원이란 비석이 정답다

순흥 안씨의 산소 앞에 서면
안중근 의사와
도산 안창호 선생님 생각이 난다

나는 아카시아 꽃 한 묶음 꺾어
향기와 꽃을 상석에 놓고
우리나라 위해 영혼 바쳐 일하신
어르신을 묵상하며 감사와 평안의
묵념을 올려드린다

기도 끝에
가까운 친지들이 생각났다
순흥 안씨가 독립을 위해
헌신한 것처럼 나의 지인도
나라 위해 일하는 일꾼이 되기를
염원하면서 그들의 모습을 그려본다

안민재와 안윤재의 모습이

안창호 선생과 안중근 의사와 오버랩 된다

자신을 잘 관리하며 사는 것도 나라 위한 일...

산초와 계피

내 산행 장갑에는 힘이 나는
향기가 배여 있다

산길 걷다가 산초 잎 따서
냄새를 맡아 본다

짙은 아로마 향내가
발걸음도 가볍게 에너지를
돋아나게 한다

사람들은 산초와 계피가 다르다지만
내게는 잎과 향이 다르지 않다

내 코가 시들어서
기능을 제대로 못하나 보다
그리 생각하니 편하다

산초면 어떻고
계피면 어떠랴
허브향이 주는 에너지로

걸음도 즐겁게
나는 자연 속으로 스며든다

오늘도 허브향의 에너지로
나는 힘차게 치유로 걸었다
허브향이 내 얼굴에
달덩이 미소를 만들어준다
이렇게 행복해도 되는 걸까^^

야곱의 사닥다리

영덕자연생활교육원 정원에
예쁜 연못이 있다 나는
실로암으로 작명하여 부른다

연못 입구에 사랑교가 있고
예쁜 다리를 지나면
다리 끝에 연결되는
81개의 가파른 계단의 언덕

나는 이 계단을
야곱의 사닥다리라 부른다

첫 계단 앞에 서면
끝이 보이지 않고
마치 하늘로 연결된
꿈의 사닥다리 갔다

천사들이
그분의 약손을 들고 내려와
우리에게 사랑으로 만져주시는

느낌으로 치유가 일어난다

실로암 연못의
희망다리를 건너
야곱의 사닥다리를
한 계단 한 계단 오른다

오를 때마다 그분이 주신
힐링 씨앗 치유의 꽃으로
내 안에서 초롱초롱 피어난다
오늘도 다아 나았다

패랭이꽃

실로암 연못의 다리 끝에
하늘계단으로 오르듯
나무계단이 있다

줄을 잡고 오르는 양 옆으로
패랭이꽃이 웃음잔치를 펼치고 있다

계단 오르는 내 발목 잡고
붉은 미소 따라 웃어라 자꾸자꾸
웃어라 유혹하는 패랭이꽃

알고 보니
진분홍 작은 꽃송이마다
사랑이 가득 담긴
그분의 잔잔한 미소가
내 입가에 파문을 그려댄다

그분의 크신 선물을
그분의 크신 힐링을
그분의 크신 사랑을

그분의 크신 웃음을

어찌 웃지 않겠는가
우리는 은총을 소유만 하면 낫는다

치유의 선물

산속에 살다보면
자연으로부터 배우는 게 많다

자연은 그분이 우리에게 주신
은혜 가운데 최고의 선물이다

나무와 풀은 모두 하늘 향해
그분께 경배와 찬양을 올리고 있다

바람 부는 날은 온몸으로 춤추며
맑은 날은 기쁜 미소로
새들은 간드러지게 노래 부르고

나도 자연으로부터 배우며
기도와 감사와 기쁨을 아낌없이
우주로 올려드린다

천지에 푸른 이파리마다
산속에 생겨난 꽃잎마다
재잘재잘 피어나는 새소리마다

〉
자연치유의 선물을 온 천지에
가득가득 넘치도록 담아주셨다

어찌 낫지 않고
어찌 감사하지 않으리

천둥

새벽 천둥소리에 잠이 깼다
내가 머물고 있는
칠보산 숙소가 들멍들멍했다

하늘의 고통은
인간의 괴로움과는
비교가 안될 만큼 아픔도 큰가 보다

하늘의 혈관이 터졌을까
번개의 길이 꾸불꾸불 팽창하여
절규의 비명이
온 산과 나무를 눈물짓게 한다

괴롭고 아프면
하늘과 땅 자연도 천둥이 되어
괴성을 지르며 통곡하는 것을
이 순간에야 알게 되었다

하늘 꿩음 따라
나는 알레그로로 웃었다

하늘은 고통스러워하면서도
내 웃음을 보고파 하니까

아카시아꽃

비 오는 5월 우산 들고
아카시아 꽃길을 걸었다

비에 젖은 향기는 더 깊이
둥글게 행복을 내게 속살거린다

꽃은 벌에게 나비에게
인연으로 사랑을 주고 내게도
꿀과 향기로 벅찬 감동을 주네

나도 아카시아 꽃처럼
누군가에게 사랑스러운
의미가 되고 향기가 되고 싶다

아카시아 꽃 향기가 고마워
나무를 쳐다보았다
정겹도록 달콤한 연인 같아
미소를 선물했다

나도 아카시아 향기처럼

누군가에게 힐링이 되고 싶다
나로 인해 그가 치유되고
나로 인해 그가 행복했으면

숲속 융단

여름이 되면 산속 산책로에
잡초가 무성하다

발을 들여놓기 두려운 숲길을
천사의 마음이
사랑의 손길로 비닐 융단*을
곱게 깔아놓았다

우리 일행이 건강을 위해
아침저녁 걷는 숲속의 흰 융단은
스타들이 걷는 빨간 융단보다 더
화려하고 의미가 찬연하다

여름이 짙으면
산소가 부유한 이 산속은
수많은 회복자를 탄생시킨다

걷는 리듬에 따라 주고받는
우리의 대화는 꽃으로 피어난다
산새들 노래처럼 정겹다

노래 반 웃음 반의 걸음이다^^

* 비닐로 덮어 걷기 좋은 길

별이와 율이

만난 순간부터 친해진 관계
수년을 기다리다 만난 것처럼
둘은 서로가 서로를 데리고
달콤하게 즐긴다

율이와 별이는
다른 행성에서 온
다섯 살 동갑내기
만난 순간부터 함께 있으면
즐거움이 타작되는 신나는 사이

잠깐 떨어지게 되면
서로는 서로를 찾고 찾아
기쁨으로 만난다

율이와 별이는
연지의 꽃이 만발한
솔밭 언덕에서 풀꽃 월계관 쓴
공주가 되고

까르르 까르르 깔깔 자갈 구르는
웃음으로 트라우마 가득한
그늘진 어른들 얼굴에 푸른 미소
넘치도록 폭소를 선물해준다

별이와 율이의 재롱이
아르마 향기 되어 주변은
힐링 꽃이 피어난다

지구별에 웃음꽃으로 온
두 공주 율이와 별이!⌃⌃
그립고 보고 싶은 두 공주!⌃⌃

나비집

깊은 산속에
비닐하우스가 있다
꽃상추 적상추 먹상추 양상추
로메인이 성장한
유기농 비닐하우스
문을 열고 들어섰다

나비 떼가 화들짝 일어나
하늘하늘 고운 춤을 춘다

흰나비 노랑나비 연회색 보라색 나비
내 몸에 팔랑거리며 앉는다

상추에 알을 낳으려 모인 나비들
내 몸에도 알을 잉태하려나
나도 나비로 탄생하고 싶었다

어떤 색깔의 나비가 되고 싶은가
나비는 서로가
자기의 색깔이 되란다

〉

나비 집에서 나비와
사랑의 사유를 창조하고
나비가 된 나는 그저 웃는다
나비 웃음은 내 몸도
나비처럼 가볍고 가벼워지네

운무

안개가 구름을 품고
산에서 내려왔다

산의 허리 길 걷고 있는 나를
운무가 감싸 안았다

운무는 나를 녹여
난, 구름이 되었다

구름은 나를 품고
그대 있는 천상을
가볍게 날아올랐다

우주는 하나의 뿌리!
우주는 하나의 날개!

노랑나비

아침 산책 길
연노랑 나비 한 마리
내 앞에서 길을 안내한다

하늘하늘 하늘 춤추듯 나르는
너를 따라가고 싶다

그곳이 어디라도 좋다
내 영혼 네 날개에 태우고
길이 없는 우주를
자유롭게 여행하고 싶다

나비야 나비야
너는 나의 영혼
너는 그의 영혼
우리는 하나가 아닌가

내 영혼 노랑나비가 된 오늘
내 안에서 네가 자라고 있다
노랑나비야 노랑 웃음 웃어보자
왜 이렇게 자꾸만 행복해지지^^

연꽃

비가 주룩주룩 내린다
칠보산 연지밭 위에 놓인
다리를 걷다가 멈춘다

좌우로 연꽃이 화려하다

빗줄기에 고개 숙인 연꽃
중생을 구제할 염원을 하듯
수도자의 기도처럼
숭고한 자태를 보인다

연잎은 물 위로 온 몸을 활짝 펴고
내린 빗물을 보석으로 환원하여
아름다움의 극치를 보여준다

연지에는 기도하는 연꽃 송이송이
빗물로 보석을 만드는 연잎들

목이 긴 연잎은 커다란
진주를 창조하여

지탱하기 벅찬 듯 또르르 또르르
지혜롭게 욕심을 버리고
번뇌 없는 몸이 된다

부처를 닮은 순수한 연꽃
연꽃은 중생을 위해 살고 죽으며
영원히 존재하는 영생의 꽃이다

암이 내게 준 행복

이향영 시집

part 04 영덕의 보물

분홍 키스

금강송 길 걷다가
키 큰 진달래나무를 만났다
활짝 핀 꽃잎이
그대의 입술로 느껴졌다

무의식이 주는 기억
그대가 끌어당긴 감성
진달래 꽃잎은 어느새
내 입술에 키스하고 있었다

칠보산 진달래 꽃잎이
그대의 입술로 느껴졌고
설레이는 가슴엔
그리운 그대가 차오르고

분홍 키스가 나를 힐링시켰다
그대는 내 안의 행복창조자

그와 그녀

그의 손은
예수 목수 닮은 손

테이블을 만들고
그만의 디자인으로
움직이는 침대를
창작해서 필요로 하는
사람들에게 재능을 선물한다

그녀의 입술은
예수님 닮은 마음
가엾은 사람들을 위해
기도의 샘물이 폭포로 넘치는
축복을 선물한다

그와 그녀는
가난해도 의미를
창조하고 나누는
이 땅의 큰 부자다

그와 그녀는

자연생활교육원 실장과 팀장이다

윤에게

무슨 일이 있겠지 하면서도
생각은 꼬리를 물고 매달렸다
왜 못 왔을까?

금강송 아랫길
윤이랑 웃음으로 걷던 길
홀로 걸으니 외로운 바람이
뼈 속으로 스미어 그리움이 되었네

'나는 아무것도 바라지 않는다
나는 아무것도 두려워하지 않는다
나는 자유다'

카잔차키스의 묘비명 글을
내게 말해주던 그대 생각이
오늘 금강송 길에 깔려있네

산새들도 그대가 그리운지
울어대는 소리가 어찌나 슬픈지
자연이 내 마음 달래주는 하루

〉
하루속히 완치 판정을 받아
우리가 다시 만나기를
그대의 신께 두 손 모아 빈다

그네

칠보산 언덕
키 크고 통통하게 잘 생긴
소나무 가지에
당신은 길게 매달려있네요

나를 안고 하늘을 날으려고
오래도록 기다린 당신이네요

당신 품에 안기어
창공을 차오르니
천사 같은 산새들
나팔 불며 신나 하네요

고래불 수평선에 떠오르는
아침 해 계곡의 잎새들
빛으로 고운 빛으로 물들이며
그네의 길을 환히 밝히네요

나도 하늘 길 되어
당신과 함께 날아오르네요

산새들이 축복의 노래 부르는

칠보산 언덕에 웃음꽃 화들짝 피네

산괴불주머니

금강송 아랫길
개울 따라 걷노라면
오솔길 양 옆으로 연노란 주머니들
환한 미소로 손짓하는
산괴불주머니 꽃

조롱조롱 매달린 주머니 안엔
삶과 건강 잃고 홀로 걷는
너에게 선물 주고 싶어서
기다린 산속의 노란 꿈송이

산괴불주머니 꽃
주머니마다 가득가득
단꿈과 희망이 넘치는
복덩이 푸른 주머니들

내일은 희망 꽃이 물결치는
새 봄의 꽃 축제
너의 몸에 피어날 무지개 꽃

온 몸에 힐링 무지개 활짝 켜졌네

양지꽃

별들이 내려와
황홀한 잔치를 열었네

산책로 양쪽을
노랑불 켜놓고
너와 나의 눈길을 빼앗네

너를 가만히 보고 있노라면
내 눈이 노오랗게 물들어
찬란한 별이 되네

이 땅에 봄 잔치가 끝나면
우리 하늘로 돌아가 별 축제를 열자

너와 나의
영원히 빛나는 노오란
꽃별이 되자

이 땅에서는 양지꽃으로
저 하늘에서는 노오란 꽃별로
그렇게 곱게곱게 살아가자

비 맞은 나무들

5월 첫날 아침
창을 열고 손바닥으로
비를 받아 본다

창문 앞에 펼쳐진
수 백 종류의 나무들
초록비를 맞으며
생글생글 생기 넘치는
기쁨을 하늘 향한 기도
감사 기도 바치는 나무들

어제 바람에는 신비의
푸른 숲은 온몸의 행함으로
그분께 향기의 춤을
올려드린 효 나무들

나무만도 못한 저는
무엇으로
당신께 감사를 드리지요?

비 맞은 나무들 당신 향해

싱싱한 기도를 바치 듯

저도 당신 향해 무릎 꿇어요

조팝나무에게

금강송 아랫길
개울을 건너면
5월에 하얀 눈이 내려요

나무에서 피어난 눈은
숙성이 되어 솜털로 변신하여
작은 풀들의 이불이 되어주네요

흰 눈 덮힌 오솔길 걸으면
갈 까마귀 울음도 노래로 들리네요

저로 인하여 기쁨을 참지 못하시고
잠잠히 사랑하신다는 당신 말씀
어찌 그리 달콤한지요

조팝나무 꽃 이불
당신 품속이라 느끼니 길가 잡풀 같은
제 가슴에 구름 토끼 한 송이
꿈속인 듯 하늘인 듯 뛰노네요

들리는 선물

영덕 실로암 연못가
우뚝 서 있는 키 큰 바위에
내 귀를 살포시 갔다 댄다

구름기둥 불기둥으로
바람기둥 물기둥으로

바윗돌 속에서 살포시
들려오는 당신의 속삭임

네 눈에 내 사랑 바르고
네 가슴에 내 사랑 심었다

너는 생명의 물로 눈을 씻고
네 몸을 마음의 빛으로
온전히 자유하거라

너를 만든 내가 너를 고쳤노라
너는 자유하거라 너는 자유이다
네 몸과 마음에 자유의 꽃이 화사하다

생밤 샐러드

음식은 발명특허를 낼 수 없을까?

생밤 샐러드를 생전에 처음 먹어 봤다

첫 번째 생각이
즉석에서 만드는 건강음식 샐러드
레스토랑을 오픈하고 싶었다

맛과 영양이 조화로운 보약 같은 음식이라
환우들의 건강에 도움이 될 것 같았다

생밤의 단백질과 케슈넛의 오일과
사과와 단감의 비타민C가 적당이
믹스되어 기막힌 맛을 창조했다

생밤을 납작 썰고 단감과 사과를
적당히 썰고 캐슈넛을 갈아서
잘 버무리기만 하면 끝이다

단순하고 영양과 맛을 주는

생밤 샐러드를 나의 식탁에
단골 메뉴로 특별 초대하고 싶다

나도 오늘부터 헬스푸드 셰프로
내가 나를 완전 인정하고 싶다
케슈넛 소스의 생밤 샐러드는
정말 맛이 좋으니까요

언제나 나는 내가 큰 자랑이다
내 긍정 마인드가 나를 힐링시켰다
나는 최고의 건강푸드 셰프이다

압구정 공주떡

첩첩산중 청산 속으로
천사의 손길이
둘이 먹다가 셋이 죽어도
모를 만큼 맛있는
고유 음식을 선물로 보냈다

오픈 했을 때 고소한
흑 참깨 내음이
오장육부를 춤추게 했다

번거롭게 왜 가져왔냐고
뱉은 말을 지울 재주가 없었다

흑 참깨를 좋아해
통에 넣고 다니며
먹고 있었는데
압구정 흑 참깨 떡이라니~

너무 맛이 좋아서
혀가 정신을 잃고

아직도 깨어나지 못하고 있다

압구정 공주 떡아
내 혀를 돌려다오

나는 흑 참깨 떡을 먹기 위해
오래 오래 살 것 같으다^^

힐링 산타클로스

그녀는 친환경 채소를
재배하는 팀장

토마토 가지 고추 상추 부추 파
양파 시금치 들깨잎 당근 오이 호박 등등
철 따라 유기농 채소를 힘겹게 농사지어
매기 철 따라 환우들에게 선물하는
그녀는 천사가 아닌 천사이다

양치기 소년 다윗이 양 떼를 안내 하듯
환우들의 건강 위해 등산길을 안내하는 그녀

"오늘은 삼성연수원 길 휴양림 길 철암산
칠보산 유금사 울진 해변가 월송정
축산 해변 둘레길 고래불 바닷가
오존과 산소가 풍요로운 곳을 갑니다"

환우들의 건강 위해 좋은 곳은 다아
안내하는 그녀는 힐링 전문 산타클로스
영덕자연생활교육원 이금선화
팀장이다

part 05 영덕의 테슬라

미국쑥부쟁이

금강송 아랫길
개울 따라 흰 물결로
눈이 부신 미국쑥부쟁이 꽃

하얀 영혼이 무리 지어
내려와 꽃으로 피어나는
그대, 그리고 그대
미국이 그립고
그대가 그리워진다

오늘 또다시 발길은
미국쑥부쟁이
그대 앞에 머문다

그대 향기 스미어
내 영혼 수줍어
고개 숙인 쑥부쟁이

그대가 내 안으로
나는 그대 안에서 힐링된다

테슬라 1

미국서 못 타본 자율주행
테슬라를 영덕에서 탔다

원통 유리너머로
새가 흐르고
구름이 나르고
빗방울이 진주되어 구르는 하늘 풍광
우리는 차안에서 즐겼다

테슬라는 울진 후포해변에 멈추어
수다로 행복한 시간을
우리에게 선물했다

테슬라 승용차 안에서
우리는 하늘과 바다를 누리며
폭소탄을 만들기도 했다

바다가 우리의 폭소에
동참하고 싶었을까
거센 파도의 너울로 테슬라에게

키스를 했다

가을장마는 테슬라와 함께
멈추어진 시간을
우리에게 찐하게 선물했다

테슬라가 싣고 온 행복에 취한 하루^^

테슬라 2

백일홍 명품 길을
테슬라 타고 신났다

보라색 진 분홍이
줄지어 서 있는
백암온천 가는 길

꽃이 시골처녀처럼
붉은 단장하고
미소로 환영하는 길
사랑이 수줍음으로
곱게 피어난 꽃길

우린 꽃에 취하고
테슬라도 꽃길에 취하고
울진의 백일홍 명품 길이
우릴 꽃주를 마신
환상의 세계로 데려갔다

백운산 허리까지 내려온

운무가 푸른 숲을 애무하며
산을 사랑하고~

테슬라의 천장에
우릴 설레게 하는
멋진 하늘이 열려 있었고
우린 테슬라의 품에 안겨
백일홍 명품 길을 돌아 나왔다

구름은 생동하는 사물을 그리고
우리는 그림 속 하늘을 자유로 달렸다

테슬라 3

테슬라와 세 번째
데이트 날이다

테슬라는 우리를 안고
포항 송라면 동해대로에 자리한
'더 러블랑'으로 데려다주었다

바다 위에 앉아 있는 듯
코지한 카페 더 러블랑
조용히 앉아만 있어도
바다 향기가 바람으로
속삭이는 푸른 즐거움

디저트 노마드족처럼
우리는 맛있는 것을 시켰다
정신과 혀를 혼미하게
달달함의 짙은 매혹

꿀처럼 달콤하게 유혹해도
빠지면 건강 해치는 불량품

아무리 좋아도 밀어내야 될 유혹
바다의 오존이 더 맛있는 보약

구경시켜준 테슬라는
우리를 보리 레스토랑으로 데려오고
건강에 좋은 풍성한 음식이
미소로 우리를 기다리는 진수성찬

보기만 해도 치유된 우리가 아닌가
매끼 잘 차려진 식탁의 미소로
우리는 이미 완치된 것이 아닌가^^

테슬라 4

테슬라 8천 타고
울진 불영계곡에 갔다

영혼을 씻어주는
향기 그으한 물결

욕심을 빨래하고
마음을 빨래하고
손과 발도 빨래하고

깨끗해진 영과 육
건강이 만세 불러
회복된 기쁜 인생

돌아오는 길 자율주행 테슬라
꿈 싣고 사랑 싣고
신이 나서 어제 맨크로
불영계곡 따라 출렁출렁 흐른다

몸과 영혼이 회복된 선물

누군가의 치유를 위해

그대에게 마구 퍼주고 싶은 행복^^

테슬라 5

테슬라가 데려다 준
사랑 실은 풍차마을
경북 영덕군

'공기 맑은 특별시
바다 숲 향기 언덕'

바다를 품고 튼튼하게 앉은
산의 정상 풍차공원

산과 바다가
한 몸으로 일어나
신선한 바람 되어
풍차를 돌린다

풍차의 품에 안겨
돌고 돌아가는
그대와 나의 사랑
끝없는 영혼의 길

인생의 굽이처럼 돌고 도는
풍차의 본질처럼

나도 돌고 돌아서 회복이 되었다
그대는 돌지 않고 회복이 되기를

웃음 사과

웃음 씨앗 하나
내 속에 들어와
사과나무로 자랐네

웃음이 주렁주렁
복덩이 달렸네
평화가 달렸네

웃음을 따먹는
복덩이 따먹는
사람들 마음에
사랑 꽃웃음 되고
평화 꽃미소되고

웃음 사과 세상에
복과 평화를 주는
공짜로 열리는
나는 웃음 사과다

나는 나의 웃음 먹고
회복 꽃피웠다

웃음

나는 웃음이다
나는 이삭이다

나의 취미는 웃음
나의 소질은 웃음
나는 세상의 웃음

나를 사랑한 웃음
나를 치유한 웃음
나의 보약인 웃음

나는 웃음을 먹고
나는 웃음과 놀고
나는 웃음과 자고

나는 웃음을 산다
나는 찐 웃음이다

허공 꽃

해가 저물고 있다
가슴에 허공이 생겨
슬픈 마음 밭에
웃음 꽃씨 하나 심었다

생각이 키운 웃음
웃음으로 인사하니
내 이웃이 환하고
내가 더 밝아진다

우리는 아주 행복하다
내 아픈 가슴 허공에
웃음꽃이 화사하다

돈이 없어도 피는 꽃
일을 안 해도 피는 꽃
웃기만 하면 행복이
절로 피어나는 꽃^^

내 빈 가슴은 웃음꽃

시도 때도 없이 피어난다

암이 데려온 웃음
암이 내게 준 행복
캔서에게 감사한다

너의 웃음

너는 웃음이다
내 안에 너는 내 웃음
네가 웃겨서
나는 회복이 빨랐다

네가 잘 웃겨주어
친구도 많아졌다

네 덕분에 나는
건강하고 행복하다
웃음이, 네가 나를 살렸다

너는 웃음이다
내 안에 살고 있는
너는 선한 웃음이다

내 속에 묻혀있던 웃음이
내 삶에 샘물처럼 솟아나

아픈 내게 와서 웃음꽃

활짝 피어 고맙고 감사하다

캔서, 너는 나의 웃음이다^^

오리온 별

저녁 10시 그대는
먼 곳에 있었지
새벽 4시 그대는
나의 머리맡으로
자리를 옮겨왔지

창문 열고 그대를 찾았지

황홀한 빛으로
끈질기게 유혹해
설레이는 내 눈길
접을 수 없었지

그대 그러하듯이
나도 그러하단다
우리 그리움으로
살아가자꾸나

언젠가 그날 그대 찾아
날아 갈테니

그 자리에서 지금처럼
빛나주길 기다릴게

사랑해, 빛나는 나의 별
하늘 보며 꿈을 쌓고
의사의 손이 필요하지 않고
캔서를 이기게 해준 나의 하늘이여!

오늘 새벽도 나는 오리온과 논다^^

영덕 코스모스

칠보산 계곡의 언덕
삼성연수원 가는 길

흐드러지게 피어있는
코스모스 붉은 얼굴
수줍은 꽃 물결로 인사 하네

촬촬 알레그로로 흐르는
여울목의 구성진 연주 따라
넋이 나간 코스모스
가을바람에 온 몸을 내어주네

외로운 잠자리 꽃에 앉아
코스모스를 애무하네
코스모스를 사랑하네

사랑은 외로움의 치료제
사랑은 만병의 완전한 치유제
사랑을 가지면 모두를 가진 것

〉

코스모스 여린 몸으로
평화를 불러와
모두에게 힐링을 주네
모두에게 사랑을 주네

빛의 꽃

창가에 걸린 회화 한 점
'빛의 꽃'
새벽 보름달 빛으로
분홍 조명이 반사되어
움직이는 생명의 꽃으로
빛으로 사랑의 웃음을 빚는다

네팔 여행 갔을 때
사랑의 뷰 포인트로
떠올랐던 찬란한 햇살이
히말라야 산맥
안나푸르나 정상의
눈 봉우리로 스며들어
하늘 꽃처럼 황홀하던
그 빛의 현란한 에너지처럼

오늘 새벽 달빛으로 흘러와
빛의 꽃이 마지막 촛불처럼
회화 안에서 숭고한
피의 꽃으로 거룩한

빛을 발하며 활짝 피어있다

달빛으로 새롭게 태어난
빛의 꽃 사랑의 꽃은
생명을 물고 있다

생명은 화폭에서 살아 움직이고
나의 회복된 몸에서도
빛의 꽃들로 피어나서
켜진 유전자는 향기를 발한다

꽃의 미소가 우리를 회복하고
꽃의 웃음이 우리를 힐링한다

오~ 회복의 꽃이여, 웃자 웃자^^
오~ 찐 빛의 꽃이여, 웃자 웃자^^

해먹

바람의 언덕 칠보산
소나무와 소나무 사이
해먹에 누워서
솔숲과 하늘을 바라본다

구름이 스토리로 흐르고
새들이 노래로 흐르고
바람이 몸으로 흐른다

3차원에 누워
4차원을 누린다^^

캔서가 내게 준 행복은

풍성하여 원하는
사람 있으면 주고 또 주고 싶다
완전 자연치유제 사랑의 선물을

순수한 마음으로 부르는
삶에 대한 연가

정 훈(문학평론가)

순수한 마음으로 부르는 삶에 대한 연가
– 이향영의 시세계

정 훈(문학평론가)

    이향영 시인의 이번 시집에 실린 시편들은 거의 '영덕자연생활교육원' 체험에서 비롯한 마음과 생각들로 집약되어 있다. 이 사실은 시인이 병마를 치유하기 위해 잠시 머물렀던 곳이 영덕자연생활교육원이라는 점과, 아울러 그곳의 체험이 시인에게는 결코 잊지 못할 추억으로 자리 잡았다는 점을 알려준다. 한 사람에게 특별한 체험을 제공해주는 공간이나 장소가 주는 의미는 남다르다. 특히 그곳이 한 사람의 생각과 세계관을 송두리째 바뀌게 했다면 더욱 그렇다. 장소가 주는 의미는 생각보다 깊고 풍부하다. 장소나 공간은 단지 건물이나 땅, 혹은 그곳을 둘러싼 풍경에만 한정짓지 않는 의미와 세계가 담겨 있다. 가령 그곳에서 보고 겪어서 느끼게 된 새로운 사상이나 세계관이라든가, 이제껏 눈여겨보지 않았던 사실이 돌연 부각되거나 크게 다가와 이전의 생각을 돌려놓게 되는 경우라든가, 혹은 낯선 공간이 주는 느낌이 시간이 지남에 따라 친근하고 다정하게 다가와 마치 고향보다 정겨운 감정을 불러일으키게 되는 경우 등이 그렇다. 이런 점들은 자신의 삶을 지탱하고 표준이 되어주었던 어떤 '기준'에 균열을 내게 하고, 균열된 마음과 생각들에 새롭게 내려앉게 되는 삶의 진실이나 깨달음이 저도 모르는 새 자리 잡게 되는 것이다. 이향영의 시는 자신에게 그런 특별한 공간이 되어주었던 영덕자연생활교육원에 대한 체험을 이번 시집을 통해 드러낸다. 여기에는 자연이 주는 삶이 얼마나 고귀하고 행복한 감정을 심어주는지 확인해주는 시인의 육성이 담겨져 있다. 단순하고 깨끗한 언어로써 자아내는 시인의 목소리를 들으면서 독자들은 비록 그곳에 가지 못하더라도 마음으로나마 마치 그곳에 시인과 함께 있는 것처럼 생생하게 느낄 수 있다. 인공에 의지하지 않고 자연의 삶으로 병을 이겨내고 건강을 회복한 시인의 마음상태를 이번 시집에서 확인할 수 있다.

  영덕자연생활교육관 음식이
  그립고 그리워 다시 이곳에 왔다

  첫술에 엄마의 손맛을 느꼈다
  내 얼굴에 햇살 담긴 나팔꽃이 피었다

  단호박과 연두부의 조합으로 만들어진
  스프가 내 위장과 소장과 대장을 지나며
  활짝 해바라기로 피어났다

  '음식으로 못 고치는 병은 약으로도 못 고친다'

히포크라테스의 명언이 교과서처럼 확신이 생겼다

토마토 케닝으로 만든 김치는 유산균이 풍부해
면역의 힘이 나의 속 장기마다 별꽃으로 피어
빛으로 빛으로 온 몸이 미소 짓게 했다

친환경 산소와 걷기운동
사랑이 가득담긴 음식이
나의 켄서를 온전히 고쳐주었다

이곳의 맑은 공기와
이곳의 음식은 나의 죽은 세포를
다시 부활시키고 있다

집에 가면 나는 자꾸만 이곳이 그립다
이곳 환경과 사람들과 음식이 그리워서
자꾸만 오고 싶어진다

– 「영덕의 음식」

한동안 힐링 열풍이 온 나라와 세계를 휩쓴 적이 있다. 물론 지금도 그렇다. 현대인에게 주요 관심사가 된 건강과 관련한 음식은 화자처럼 치유를 위한 섭생의 기능뿐만 아니라 건강하고 윤택한 삶을 위한 중요한 요소다. 우리나라에서 전근대사회나 산업화에 막 진입하던 무렵에는 단지 하루 세 끼만 잘 챙겨 먹어도 남부럽지 않은 삶이었던 걸 알려주는 징표였던 음식이,

오늘날에는 단지 먹기 위한 기능 말고도 건강과 미식美食까지 갖추어야 하는 사회분위기가 만연하다. 그래서 너도나도 몸의 관리를 위하거나 미용을 위해 음식을 조절하거나 가려서 먹게 된다. 이런 '선택적 섭취'에는 공통된 원칙이 있다. 바로 과도한 맛을 내거나 자극을 주는 음식은 피하는 것이다. 그리고 되도록 육류를 줄이고 채소 위주의 식단을 권장한다. 화자는 우연히 얻게 된 병으로 말미암아 영덕 자연생활교육관에 들어와 그곳에서 마련한 식단으로 관리를 하고 있다. 이곳은 몸과 마음을 치유하기 위한 공간인 만큼 일반의 식단과 차이가 있다. 친환경 자연식 위주의 식단이다. "친환경 산소와 걷기운동/ 사랑이 가득 담긴 음식이/ 나의 켄서를 온전히 고쳐주었다"는 고백에서도 알 수 있듯, 화자는 교육관에서 마련한 식단 프로그램으로 완전한 치유를 얻게 되었다. 마음만 먹으면 언제든 자연과 하나가 될 수 있고, 몸의 건강을 위해 충분히 자연식을 섭취할 수 있는데도 현대인들의 입맛을 사로잡는 자극적이면서 식감을 만족시켜주는 음식에 길들여져 있기에 친환경 자연식은 그림의 떡으로 다가오는 현실일 것이다. 많은 사람들에게는 그렇다는 말이다. 피하지 못할 병을 계기로 겪게 된 새로운 식단이 화자에게 준 감동을 느낄 수 있다. 쉽게 말해 "이곳의 음식은 나의 죽은 세포를/다시 부활시키"는 명약이 된 셈이다. 음식은 약과도 같다. 화자가 인용하고 있는 "'음식으로 못 고치는 병은 약으로도 못 고친다'"는 히포크라테스의 말처럼, 음식은 약과 다르지 않다. 이런 귀중한 깨달음에서 비롯한 부활의 경험을 위 시를 통해 말하고 있는 셈이다.

와우~

와 우 우~~

와 우 우 우~~

절로 터지는 함성

아름다운 물결이 윤슬로

춤추는 영덕의 축산항

멀리 코발트 블루

코발트색은 에메랄드 색으로

오버랩 되어 겹겹의 감동이

사랑으로 밀려오는 축산항 해변가

칸쿤의 물빛이 너무나 아름다워

투신했다는 어떤 스토리처럼

축산항의 물빛이 가슴 설레고

바닷가 마을로 이사하고픈

변화의 생각을 일으키는 곳

언덕의 대나무 숲 둘레길은

이태리 쏘렌토의 올리브향

둘레길을 걸었을 때보다

더 황홀한 기분이었다

동해안 바다 향기

언덕의 대나무 숲 향기

걸을수록 더 걷고 싶은

시와 노래처럼 사랑을 주는 길

그 님의 품속처럼 깨고 싶지 않은 길

바다의 오존을 오장육부에 선물하는 길

치유와 희망을 듬뿍 안겨주는 길

영덕의 축산항 걷고 또 걷고 싶은 둘레길

내가 나를 잊게 하는 환상의 길 치유의 길

– 「영덕 축산항 둘레길」

   화자를 감탄하게끔 하는 것은 교육원의 음식뿐만이 아니다. '축산항 둘레길'을 걸으며 온몸과 마음으로 느끼는 행복을 위 시는 노래한다. 시인이 걷는 둘레길은 "걸을수록 더 걷고 싶은 / 시와 노래처럼 사랑을 주는 길"이다. 또한 "치유와 희망을 듬 뿍 안겨주는 길"이요, "내가 나를 잊게 하는 환상의 길 치유의 길"로 놓여 있다. 이렇듯 영덕 축산항 둘레길이 화자에게 주는 의미는 남다르다. 단지 자연의 풍광을 보고 감탄하는 평소의 마음과는 달리, 시인에게 둘레길은 새로운 생명의 환희와 기쁨 과 축복이 되어주는 길이다. 화자는 영덕자연생활교육원을 비 롯해 교육원을 둘러싸고 있는 크고 작은 자연경관과 명소를 둘 러보았을 것이다. 어떤 계기로 해서 완전히 새로운 삶을 경험 하거나 '재생'의 과정을 겪는 주체에게 삶의 환경과 자연은 예 전에 보고 느끼던 것과 다를 수밖에 없다. 화자가 건강했던 시절의 자연과, 건강에 금이 가서 치유의 경로를 거치는 중에 바라보게 된 자연은 다르다. 전자는 삶과 생활의 일부이고 후자는 삶과 생활의 일부이기도 하지만 무엇보다 다시 새롭게 바라보게 된, 대타자(大他者)로서 자연이다. 그래서 더욱 놀랍고 경이롭고 숭고하게 보일 수밖에는 없다. 몸과 마음을 추스르며 자신의 삶을 뒤돌아보게 될 때에는 삶을 지탱하고 받쳐주는 것이 무엇인지 알게 된다. 그리고 평소에는 단순한 배경에 지나지 않았던 것들이 어느 순간 특별한 존재로 다가오는 경우가 종종 있다. 시인에게 둘레길은 말 그대로 환상과 치유의 길이다. 마치 현실에 없는 것인양 놀라움을 안겨다 주는 환상적인 길이요, 그럼으로써 자신의 몸과 마음을 낮게 하는 치유의 길이다. 자신이 딛고 선 어느 자리가 치유의 자리가 아닐 수 없겠지만, 특별한 경험을 매개로 겪게 되는 특별한 풍경이 얼마나 의미심장하게 다가오는지 위 시를 보며 느낄 수 있다.

칠보산 우뚝 솟은 정상에 서면
동해가 나를 와락 안는다
아니다, 내가 동해를 품는다

광물과 동식물이 풍부하여
불리게 된 보물산 산세가 정겨워
등산객들로부터 사랑받는
칠보산, 칠보산~

솔나무 향내에 솔깃 귀 기울이면

들리는 듯 말 듯
소곤대는 그리운 음성 하나~
가슴깊이 빛으로 파고든다

칠보산 보물 에너지가
'너는 깨끗이 나았다'
아무 걱정 말라 속삭인다

칠보산 품은 내 가슴에
사철 청정한 솔숲이 자라고
이 산에서 죽고 살고픈 나의 보물산
나도 한 그루의 소나무가 되고파라

-「칠보산에서」

영덕의 명산인 칠보산을 읊은 시다. 화자가 있는 영덕자연생활교육원을 품은 산이기도 하다. "칠보산 보물 에너지가/ '너는 깨끗이 나았다'/ 아무 걱정 말라 속삭"이는 소리가 들릴 법했던 경험을 화자는 고백한다. 화자(혹은 시인)가 가장 바라는 것은 깨끗하게 병을 치유하는 일이다. 영덕의 맑고 깨끗한 산수와 공기 한복판에 있기에 더더욱 건강해지는 사실을 느낄 것이다. 더군다나 교육원 프로그램이 원활하게 진행되면서 화자의 몸과 마음도 덩달아 나아지는 점을 예상할 수 있다. 이런 화자의 객관적인 상태와는 달리 실제로 화자는 치유에 대한 확고한 신념을 가지고 있다. 그러한 믿음으로 하여금 칠보산의 에너지가 자신에게 무언의 메시지를 남기는 것이다. 사람이 자연에서 나서 자연으로 돌아가는 것이 이치지만, 겪을수록 자연이 주는 은총은 놀랍다. 자연은 진리의 본모습이 아닐까. 시인은 시를 통해 자연이 인간에게 주는 치유력을 역설한다. 물론 시인의 특별한 경험이 먼저겠지만, 이러한 경험적 인식을 넘어 아주 오래 전부터 이 세계와 우주에 가득한 자연의 법칙과 형태가 어느 순간 살아있는 존재에게 얼핏 내비칠 때 소스라치며 감동하는 때가 있다. 위 시의 경우도 단지 산 정상에 올라서 보게 된 풍경에 감탄하는 단순한 시는 아닐 것이다. 화자 개인의 특별한 경험과, 그리고 그러한 화자의 경험이 이 거대한 얼굴의 세계와 날것으로 대면하면서 생겨나는 숭고함을 나타낸 시로 이해해야 할 것이다.

이번 시집에 실린 이향영의 시는 영덕자연생활교육원에서 체험한 느낌과 사실을 토대로 해서 주로 자신의 건강과 세계의 낙관적인 감정을 나타내지만, 시가 개별 체험으로부터 시작해 보편적인 정서와 감정을 이끌어낸다는 사실에 동의한다면 이향영의 시도 이에 해당한다고 할 수 있다. 시인의 특수한 경험은 결국 인간의 보편적인 존재의식으로 수렴한다. 개별지個別知의 세계는 보편지普遍知의 드넓은 세계의 일부에 지나지 않기 때문에 그렇다. 한정된 공간과 장소에서, 그리고 한정된 시간의 구석에서 발생하는 그 모든 생명현상이나 사건들 또한 결국 이 우주의 일부를 이루거나 일부로써 흔적을 남기게 마련이다. 인간이 사회와 문화를 이루면서 오랜 시간 동안 이 세계의 주인으로 군림해왔지만, 이도 인간의 협소한 시각에 따른 인식과 이미지에 불과할 따름임을 알아야 하겠다. 시인은 보통사람의 생각과 인식능력과는 다른 곳에서 생각하고 인식한다. 자연 앞

에서 겸손하며, 그리고 자연 앞에서 자신의 왜소함을 고백하는
자가 시인이다. 이향영의 시 또한 그런 겸양의 마음으로 가득
하다.

산속에 살다보면
자연으로부터 배우는 게 많다

자연은 그분이 우리에게 주신
은혜 가운데 최고의 선물이다

나무와 풀은 모두 하늘 향해
그분께 경배와 찬양을 올리고 있다

바람 부는 날은 온몸으로 춤추며
맑은 날은 기쁜 미소로
새들은 간드러지게 노래 부르고

나도 자연으로부터 배우며
기도와 감사와 기쁨을 아낌없이
우주로 올려드린다

천지에 푸른 이파리마다
산속에 생겨난 꽃잎마다
재잘재잘 피어나는 새소리마다

자연치유의 선물을 온 천지에
가득가득 넘치도록 담아주셨다

어찌 낫지 않고
어찌 감사하지 않으리

―「치유의 선물」

'하늘 아래 새로운 게 없다'는 말은 오래 전부터 인간사회에 통용되어 온 금언이다. 이 말은 달리 표현해서 모든 존재는 '하늘'이라는 자연의 품 속에 놓여져 있다는 뜻으로도 읽을 수 있다. 그렇기에 작고 사소한 일에 일희일비하는 우리 인간들이 볼 때 자연은 도무지 가늠하기가 쉽지 않은 영역일 것이다. 생각할수록 묘연한 세계에서 감정을 지닌 인간의 유한성과 나약함은 결국 모든 일을 자연에 맡길 수밖에 없다는 깨달음에 다다르게 된다. 위 시 또한 화자의 자연에 대한 숭고한 마음과 존중의 뜻을 나타낸다. "나도 자연으로부터 배우며/ 기도와 감사와 기쁨을 아낌없이/ 우주로 올려드린다"는 말에서도 알 수 있듯이, 시인에게 자연은 삶을 성숙하게 하는 학교이자 사원이다. 자연이 굳이 산에서만 드러나지는 않듯이, 우리가 우러르는 하늘 또한 머리 위를 가리키지는 않는다. 하늘과 자연의 숨은 뜻은 우리 인간 마음 속 가득 들어있음을 시인은 알고 있다. 그러므로 상처와 절망이 자신을 가로막아도 언제든 꿋꿋이 헤쳐 나가며 치유하는 길에 대한 믿음을 간직할 수가 있는 것이다.

영덕 실로암 연못가
우뚝 서 있는 키 큰 바위에
내 귀를 살포시 갔다 댄다

구름기둥 불기둥으로
바람기둥 물기둥으로

바윗돌 속에서 살포시
들려오는 당신의 속삭임

네 눈에 내 사랑 바르고
네 가슴에 내 사랑 심었다

너는 생명의 물로 눈을 씻고
네 몸을 마음의 빛으로
온전히 자유하거라

너를 만든 내가 너를 고쳤노라
너는 자유하거라 너는 자유이다
네 몸과 마음에 자유의 꽃이 화사하다

－「들리는 선물」

　시인은 모든 것에 고마움을 느낀다. 건강에 금이 가면서 깨
닫게 된 감정이다. 건강하던 몸이 어느 순간 병을 얻어 고통과
상처가 생기면 세상이 밉다가도, 시간이 지나 자신을 뒤돌아보

며 세계가 자신에게 주는 선물이 무엇인지 하나 둘 알아간다. 시인뿐만 아니라 대부분의 사람들은 자연이 주는 치유력과 선물이 무엇인지 흐릿하나마 느낀다. 길가에 있는 흙이나 돌들, 또한 하루 종일 보고 매만지는 모든 사물들이 우리 스승임을 아는 순간이 오는 때가 있는 법이다. 시인은 영덕에 머물며 이러한 자연이 주는 선물을 나날이 받으며 살았다. 연못가에 버티고 서 있는 바위에 귀를 갖다 대면 들리는 소리가 있다. 보통 눈에 보이지 않고 들리지도 않는 존재의 실체를 시인은 느낀다. "네 눈에 사랑 바르고/ 네 가슴에 내 사랑 심었다'는 진술이다. 다분히 종교적으로 해석할 수도 있을 진술이지만 비단 종교를 떠나 자연이 자신에게 건네는 소리로 들어도 상관없다. 이런 행위와 감정은 단순하게 말해 작은 일에도 행복을 느끼는 낙관주의자의 마음이기에 가능하다. 시인은 세상을 원망하거나 절망에 몸부림쳤을 때도 있었지만 기적처럼 찾게 된 교육원에서 삶의 의미를 배웠다. 덧붙여서 '자유'가 무엇인지 알게도 되었다. 자연이 준 치유에 따라온 자유는 이 세상을 다 가진 듯한 마음과도 견줄 수 있는 상태일 것이다. 온전히 마음이 가는 대로 움직여도 자연에 전혀 거스르지 않고, 어떤 생각을 품더라도 자연의 품속을 떠나지 않는 자유의 실체를 시인은 만지게 된 것이다.

칠보산 계곡의 언덕
삼성연수원 가는 길

흐드러지게 피어있는

코스모스 붉은 얼굴
수줍은 꽃 물결로 인사하네

촬촬 알레그로로 흐르는
여울목의 구성진 연주 따라
넋이 나간 코스모스
가을바람에 온 몸을 내어주네

외로운 잠자리 꽃에 앉아
코스모스를 애무하네
코스모스를 사랑하네

사랑은 외로움의 치료제
사랑은 만병의 완전한 치유제
사랑을 가지면 모두를 가진 것

코스모스 여린 몸으로
평화를 불러와
모두에게 힐링을 주네
모두에게 사랑을 주네

－「영덕 코스모스」

　자연이 만든 모든 존재들을 가만히 지켜보면 신비한 점들을
발견할 수 있다. 움직이지도 않고 살아있지 않는 존재도 마치
살아있는 양 숨결을 들썩이는 것만 같다. 역동적인 생물체도

알고 보면 나름대로 자신의 생명을 약동시키기 위해 자연스럽게 움직이는 사실을 깨닫게 된다. 사람도, 동물도, 식물도, 나무도, 돌도 마찬가지다. 이 모든 것들을 내어주고 만들어준 자연의 위대한 선물을 생각한다. 이러한 존재들을 살아움직이게끔 하는 가장 원초적인 에너지는 바로 사랑이다. 가을 코스모스를 보며 시인은 말한다. "사랑은 외로움의 치료제/ 사랑은 만병의 완전한 치유제/ 사랑을 가지면 모두를 가진 것'이라고 읊는다. 작은 의미의 사랑은 단순히 상대를 품고 애틋하게 느끼는 감정상태다. 물론 이런 감정도 소중하지만 드넓은 의미의 사랑은 신의 사랑과 가까워질 것이다. 그러니까 온전히 자신을 내어주고 희생하는 일이다. 이러한 사랑은 비단 외로움이나 만병을 치유하는 일에만 그치지는 않을 것이다. 시인 또한 알고 있을 것이다. 보잘 것 없는 식물에서도 보게 되는 사랑의 섭리를 우리는 얼마나 모르고, 혹은 모른 척 하면서 살고 있을까. 사랑으로 가득 찬 세상을 시인은 꿈꾼다. 인간이 사회를 이루면서 살아온 오랜 시간 속에 점점 퇴색해져만 가는 사랑의 의미를 되살리기 위해 지금까지 수많은 시인들이 사랑을 노래해왔다. 이향영 시인은 자신의 특별한 체험에서 시작한 깨달음의 진폭을 이 세계 전체로 넓히려 한다. 이번 시집은 한마디로 말해 사랑을 위한 순수한 시인의 노래라 할 수 있다. 모든 존재를 껴안고, 모든 존재의 아픔을 치유하면서, 모든 존재의 속살을 어루만지는 사랑의 마음을 더욱 지펴나가기 위한 시인의 의지를 이번 시집을 통해 확인한다. 이런 시인의 말과 노래가 쌓여 결국 사랑과 평화로 가득 찬 세상이 되리라 믿어 의심치 않는다.